シリーズ　心の糧　六

記紀の事々　第二部

作・絵　佐々木敬子

まえがき

ばあばは、今年七十七歳。世に謂《い》う「喜寿《きじゅ》」を迎え、長生きした事を「喜び寿《ことほ》ぐ年」まで生きてきた。

五年前の或《あ》る日、思い興《おこ》りて『記紀《きき》の事々』を書き出した。そして先ずは『日本書紀』の冒頭の文を君たちに分かり易く解説せねばと、天体…地球の誕生…生命の誕生…植物…恐竜…人類の誕生…と、一生懸命お勉強した。

そして今は、この世に誕生した人間たちの「初めての社会作り」の姿を知らねばと、世界の国々の歴史をお勉強し出した。

あれからばあばは、知らない事に満ち溢《あふ》れているこの世への興味がいや増した。そして、この世に生きる困惑《こんわく》に右往左往する人間という生き物に、愛おしさを覚えるのだ。

…と言うのも、「地球の誕生」から「生物の誕生」、そして「現生人類の誕生」へと、何十億年、何千万年、何百万年、何十万年と、歴史をお勉強する内に、「あぁ！…」と、大きな驚きと共に気が付いたのだ。

今年は西暦二〇二〇年…。長い長い何百万年という人類の歴史からみれば、人間の「社会作り」は、今始まったばかりなのだよ。

…きっと戦争は、未熟な人間たちの「未熟な社会作り」の産物なんだろう…って。

ばあばは人間の叡智《えいち》を信じているの。叡智は単なる知恵ではないのだよ。人間だけが持つ深遠な道理を悟る力…、そこから物事を展開して行けば、きっと必ず良い智慧《ちえ》が湧いて来るであろう！

言葉も違い、習慣も違う人間界。でも心して…そう、心して…未熟でも良いから、一人一人の意見を聴き合い、自由に論じ合い、工夫を重ねる内に、きっと必ず、戦争のない、世界中の人が活き活きと暮らせる世の中を作る事が出来ると信じているんだ！

ばあばがそんな自信を持てたのも、『古事記』と『日本書紀』に書かれた日本神話「大国主命《おおくにぬしのみこと》のお話」を読んだからだよ。

令和二年七月　佐々木敬子

シリーズ 心の糧 六

記紀の事々 第二部 目次

ばあばと話そうよ　第十五章

ばあばは　小さい頃　学校でお勉強した
邪馬台国《やまたいこく》の卑弥呼《ひみこ》という女王の事が
気に掛かっていたの

歴史書を読むようになって
それは『魏志倭人伝《ぎしわじんでん》』に載《の》っている人物だと
謂《い》う事を知り
卑弥呼に会おうと
早速『魏志倭人伝』を読みましたよ

正しくは
…『三国志《さんごくし》』魏書《ぎしょ》烏丸《うがん》鮮卑《せんび》東夷伝《とういでん》倭人条《わじんじょう》
又は
…『三国志』魏志《ぎし》東夷伝《とういでん》倭人条《わじんじょう》
（「魏志」は、『三国志』の中の『魏書』の通称）

西暦二二〇〜二八〇年頃

中国の中に
魏《ぎ》・呉《ご》・蜀《しょく》という
三国が並び立っていた時代があって
その三国について書いた書物に
『三国志《さんごくし》』というものがあるのだよ

これは
魏が滅び　次に興《おこ》った晋《しん》の国の
歴史学者　陳寿《ちんじゅ》（２３３〜２９７年）が
様々な資料を基《もと》に書き上げたもので
有名な「中国正史《ちゅうごくせいし》」の一つなの
その中の　魏の国について書いたものが
『魏志《ぎし》』なんだ

その魏と交流のあった
東方の国々（東夷《とうい》）の事も書かれていて
日本について書かれている文があり
それが『倭人条《わじんじょう》』なのだよ

『魏志』の中の

一部分に過ぎない…
二千文字にも満たない…
『倭人条』だけれど
古《いにしえ》を知る何の手立てもない日本にとって
古代の日本の状況が
かなりの詳しさで書かれている書として
古より珍重《ちんちょう》され
幾度も調べ尽くされてきたのが
この　通称『魏志倭人伝』なのだよ

思い切って言ってしまえば…
神話の世界の人とされている
天照　大神《あまてらすおおみかみ》は
本当にこの世に現存した
あの歴史上の人物ではないだろうか？…と
心　密《こころひそ》かに思っていた事が
『魏志倭人伝』を読むに至らせたの

絵　卑弥呼と桃

天照大神は卑弥呼なの？

ばあばが　『日本書紀 巻第一 神代上』を
読み始めて直《す》ぐ　この様《よう》な文を目にしたのだ

＊＊＊＊＊＊＊＊＊＊＊＊＊＊＊＊＊＊

「伊奘諾尊伊奘冉尊共謀曰
吾已生大八洲國及山川草木
何不生天下之主者歟
於是共生日神號大日孁貴」

（伊奘諾尊《いざなぎのみこと》・伊奘冉尊《いざなみのみこと》、共に謀《はか》りて曰《い》はく。
吾已《われすで》に、大八洲国《おおやしまぐに》及び山川草木を生めり。
何にぞ天下の主者を生まざらむや。
ここにおいて、共に日の神を生みまつります。
大日孁貴《おおひるめのむち》と号す）

＊＊＊＊＊＊＊＊＊＊＊＊＊＊＊＊＊＊

この文に続き「大日孁貴《おおひるめのむち》の孁《め》の字は
巫女《みこ》を表す」と注釈があり
「一書曰《いっしょいわ》く、天照 大神《あまてらすおおみかみ》といふ…」
「一書曰く、天照 大神大日孁尊《あまてらすおおみかみおおひるめのみこと》といふ…」
と書かれていたのだ

そして　その後の物語の展開の中
『書紀』独特の　沢山《たくさん》の「一書曰く」の中に
天照大神を
「日の神」或《ある》いは「日の神の尊」とも
書いているのを見て
ますます　ばあばは　『倭人伝』の中の
「卑弥呼《ひみこ》」の名前とダブって来た

それにね
天照大神も　卑弥呼も　共に鬼道《きどう》に通じ
それによって国を治めた女王だったの

エエ？…二人共　女王？…

『魏志倭人伝』に
倭国《わこく》が　何故《なぜ》女王だったのかという
理由が書かれている文があるの

＊＊＊＊＊＊＊＊＊＊＊＊＊＊

「其《そ》の国《くに》、本亦《もとまた》（亦…すべて）、男子を以《もっ》て王と為《な》す。
住まること七、八〇年にして倭国乱れ、
相攻伐《あいこうばつ》すること年を歴《へ》たり。
乃《すなわ》ち共に一女子を立てて王と為せり。
名づけて卑弥呼《ひみこ》と曰《い》う。
鬼道《きどう》を事《こと》とし、能《よ》く衆《しゅう》を惑《まど》わす。
年已《としすで》に長大《ちょうだい》なりしも、夫壻《ふせい》なし。
男弟《だんてい》有りて、国を治《おさ》むるを佐《たす》く。
……
卑弥呼以《すで》に死し、……
更《あらた》めて男王《だんおう》立つるも、国中服《くにじゅうふく》さず。
更に相誅殺《あいちゅうさつ》して、当時《とうじ》千余人を殺す。
復《また》、卑弥呼の宗女《そうじょ》の壱与《いよ》（臺与《とよ》の書き間違い…の説有り）

年《とし》十三なるを立てて王と為し、
国中遂《くにじゅうつい》に定まれり」
（新人物文庫・松尾光著『魏志倭人伝』の書下し文参照）

＊＊＊＊＊＊＊＊＊＊＊＊＊＊＊＊＊＊

悲しい事だけれど
「戦」は
男の人の身体の内に組み込まれている
原始時代を生き抜いてきた遺伝子の
為せる業《わざ》だと思うのだよ

「ばあばぁ　何故そんな風に思うの？」って

今も　昔もね
何か事があれば
すぐ　戦争で解決しようとする
男の人の気持ちが
ばあばには　どうしても…どうしても…
生涯《しょうがい》　解《わか》らないで来たのだもの

それで　ばあばは
こんな風に思うようになったのだよ
……
この地球上に
人類の祖先《そせん》が誕生してからの
何百万年という　長い　長い　ながーい年月を
自分が生きる為に…
家族や　部族の人が生きる為に…
動物を追いかけ　闘い
食料を調達して来たのだもの

闘う事…戦う事が
身体の遺伝子《いでんし》に組み込まれたって
何の不思議《ふしぎ》はない！…と

でも　ばあばは
じいじや　君達を通して
男の人の　やさしい「心」を一杯《いっぱい》知っている…
そう　本来《ほんらい》

男も女もなく　人間は
安らかな　平和を望んでいるのだろうね

だから　こんな古《いにしえ》
戦いに明け暮れていた男たちが
本来の人間の心を取り戻し
互いの生活の安寧《あんねい》を考え
女の王を立て
「無益《むえき》な戦はすまい！」と
強い意志《いし》のもと
皆が一つに纏《まと》まったんだろうな…と
ばあばは　真面目《まじめ》な気持ちで考えたのだ

「ねぇ　ばあば
戦いに明け暮れていた男たち…ってなあに？」

ウン　そうだね
ばあばも　同じ事を思ったんだ
だって
歴史書を調べると

原始《げんし》時代にも　縄文《じょうもん》時代にも
人同士が「戦う」「争う」という言葉は
見つから無いんだもの

それがね…
或《あ》る歴史書の「弥生《やよい》時代」に入った冒頭に
こんな言葉があったの

「人が初めて争い合うようになったのは
米作り（稲作）を
するようになってからではないか…」と

つまり稲作は　水耕栽培《すいこうさいばい》で
豊富なきれいな水が　沢山いるの
だから　豊かな水が流れる川沿いで
田畑を耕すようになったのだよ

だから人々は　川に沿って
幾つもの集落《しゅうらく》（元々は、血縁者・一族の固まり）を
作って　暮らし出したの

だけど日照《ひで》りで
雨が降らぬ時はどうしたのだろうねぇ
川の水も干上《ひあ》がってしまったら…

川上《かわかみ》の集落の人は
水を堰止《せきと》めて
自分たちの田圃《たんぼ》に
水が流れるようにしたのだろう

でも　そんな事をしたら
川下《かわしも》の集落の人は　堪《たま》ったもんではない…
きっと　それがもとで
少ししかない水を取り合って
争い合ったのだろうよ

きっと　川下《かわしも》の集落は
結束《けっそく》して事に当たったのだろう
おそらく　そこから
本来《ほんらい》　血族集団《けつぞくしゅうだん》であった集落の人々に加え

利益《りえき》を同じくし……
同じ考えで一緒《いっしょ》に動く…
他の集落の人々も加わり
「部族《ぶぞく》」という単位が生まれたのだろう

それから　稲作ばかりではなく
お野菜を作るにも
それに適《てき》した肥沃《ひよく》な土が必要だ…
と云《い》う事が解《わか》り出し
水も　土壌《どじょう》も　豊かな土地を求めて
それぞれの部族で　探し始め
それを取り合って
争い合う！…

そしてとうとう　既《すで》に住んでいる部族から
横取りしてしまおうと
大きな争いになって行ったのだろう

「其《そ》の国、本亦《もとまた》、男子を以《もっ》て王と為《な》す。
住《とど》まること七、八〇年にして倭国《わこく》乱れ、

相攻伐《あいこうばつ》すること年を歴たり」とあったので
ばあばは歴史書を遡《さかのぼ》り
卑弥呼が登場する以前の
弥生時代の様相《ようそう》を調べてみたのだよ

…『後漢書《ごかんじょ》』東夷列伝倭条《とういれつでんわじょう》…
通称『後漢書倭伝《ごかんじょわでん》』の
建武中元《けんむちゅうげん》二年（西暦５７年）一月辛未《かのとひつじ》条に

＊＊＊＊＊＊＊＊＊＊＊＊＊＊＊＊＊＊

「倭《わ》の奴国《なこく》、貢《みつぎ》を奉《たてまつ》りて朝賀《ちょうが》す。
使人《しじん》は自《みずか》ら大夫《たいふ》と称《しょう》す。
倭国の極南界《きょくなんかい》なり。
光武（光武帝《こうぶてい》）、賜《たま》うに印綬《いんじゅ》を以《もっ》てす」

＊＊＊＊＊＊＊＊＊＊＊＊＊＊＊＊＊＊

と記《しる》されている

という事は…
弥生時代（紀元前３００年頃～紀元２９０年頃）
稲作が広まり出してから　三五〇年程《ほど》経《た》つと
すでに　かなり大きい部族が出来ていて
海の向こうに渡る力を持っていたんだねぇ

…この印綬《いんじゅ》に関してのお話…
一七八四年　志賀島《しかのしま》村（福岡県東区）の
百姓　甚兵衛《じんべえ》さん（発見者）の口上書によると
「叶《かのう》の崎と申す所の田境《たざかい》の中の溝の水行き
悪しく御座《ござ》候《そうろう》に付き　工事をしたところ、
二人で持つほどの石があって
それを　かな手子《てこ》にて掘り除け申し候処《そうろうところ》、
石の間に光り候物《そうろうもの》…」が有り
それを洗浄《せんじょう》したら
金の印判《いんばん》ようの物だったたというわけで
こうして見つけられた「漢委奴國王《かんのわのなのこくおう》」の金印が
それではないかと云われている

……
印面《いんめん》四方《しほう》の大きさが

２・３４７センチメートルで
後漢《ごかん》の尺《しゃく》が２・３０〜２・３６センチメートルで
ある事に合致《がっち》する…

文字の彫《ほ》りが
後漢初期の篆刻法《てんこくほう》である事に合致する…

張楚金《ちょうそきん》が著《あらわ》した
『翰苑《かんえん》』倭国伝（６６０年成立）に
「中元之際、紫綬の栄」という記述《きじゅつ》があり
紫綬《しじゅ》（綬《じゅ》は組紐《くみひも》。紫色の組紐）がついていれば
金印《きんいん》という決まりがあるので
この印判《いんばん》が金印である事に合致する…

というわけで
これは本物である事に間違いは無かろう…
と言われているんだよ

でもねぇ…
この「漢委奴國王」の文字は

歴史書にはあるが　辞典には載ってなくて
せめて日本での
正式な読み方があればと思うのだが…
君達にフリガナをふってあげる事が出来なかった

……

さてさて次いで
…永初元年（西暦1０7年）
自称「倭国王」の帥升《すいしょう》らが
後漢の安帝《あんてい》のもとへ請見《しょうけん》を願い出るに
一六〇人の生口《せいこう》（奴隷）を献上《けんじょう》した事が
記されている

それは　討伐《とうばつ》した部族を
奴隷《どれい》とした以外には考えられないから
その頃の倭国は
かなりの戦乱状態だったのだろう
生口を貢物《みつぎもの》として「請見」を願い出たのは
その戦を収める為にも

倭の国の　正式な王として
認めてもらいたかったのではないだろうか…
卑弥呼の魏への朝貢《ちょうこう》（西暦２３９年）より
一三〇年ほど前の事だったのだね
〜〜〜〜〜〜〜〜〜〜〜〜〜〜〜〜〜

さて　魏について調べ出したたばあばは
もうもう　頭が混乱し出した…

だって　中国の歴史書を見ると
エェ？…エェ？…と思うほどに
同じ名前で国を建てている！
同じお名前で帝位についている！

たとえば
農民出の劉邦《りゅうほう》の興《おこ》した漢王朝は…
王莽《おうもう》に簒奪《さんだつ》され　新《しん》王朝（８〜２３年）となり
一度絶《た》えているんだ

しかしその後…
六代の景帝《けいてい》の孫　劉秀《りゅうしゅう》が
新《しん》を滅ぼし　漢《かん》を再興したので
前漢《ぜんかん》（紀元前２０２～紀元８年）と
後漢《ごかん》（２５～２２０年）に分かれているの

この前漢の
七代目の「武帝《ぶてい》」…
五代目の「文帝《ぶんてい》」…
十代目の「元帝《げんてい》」…

この皇帝名は中国史の中に一杯出て来るよ
（皇帝…帝国の君主の尊称。秦の始皇帝が初めて称す）

〜〜〜〜〜〜〜〜〜〜〜〜〜〜〜〜〜

…武帝《ぶてい》という皇帝名…

前漢の七代目　武帝
（名前は「劉徹《りゅうてつ》」　在位紀元前１４１～前８７年）

晋《しん》（西晋）の始祖　武帝
（名前は「司馬炎《しばえん》」　在位２６５～２９０年）

南朝　宋《そう》の始祖　武帝
（名前は「劉裕《りゅうゆう》」　在位４２０～４２２年）

南朝の斉《せい》の二代目　武帝
（名前は「蕭頤《しょうい》」　在位４８２～４９３年）

南朝の梁《りょう》の始祖　武帝
（名前は「蕭衍《しょうえん》」　在位５０２～５４９年）

南朝　陳《ちん》の始祖　武帝
（名前は「陳霸先《ちんはせん》」　在位５５７～５５９年）

北朝　北周《ほくしゅう》第三代　武帝
（名前は「宇文邕《うぶんよう》」　在位５６０～５７８年）

～～～～～～～～～～～～～～～～～～

…文帝《ぶんてい》という皇帝名…

前漢　五代目　文帝

（名前不明　在位　即位年不明～前１５７年頃）

三国の魏《ぎ》　初代　文帝

（名前は「曹丕《そうひ》」　在位２２０～２２６年）

隋《ずい》の初代　文帝

（名前は「楊堅《ようけん》」　在位５８１～６０４年）

清《しん》の第九代　文帝

（名前「咸豊帝《かんぽうてい》」　在位１８５０～１８６１年）

～～～～～～～～～～～～～～～～

…元帝《げんてい》という皇帝名…

前漢の一〇代目　元帝

（名前「劉奭《りゅうせき》」　在位紀元前４９〜前３３年）

三国の魏の五代目　元帝

（名前は「曹奐《そうかん》」　在位２６０〜２６５年）

東晋《とうしん》の初代　元帝

（名前は「司馬睿《しばえい》」　在位３１７〜３２２年）

南朝　梁《りょう》の三代目　元帝

（名前は「蕭繹《しょうえき》」　在位５５２〜５５４年）

〜〜〜〜〜〜〜〜〜〜〜〜〜〜〜〜〜〜〜〜

…明帝《めいてい》という皇帝名…

後漢《ごかん》の第二代　明帝

（名前は「劉荘《りゅうそう》」　在位５７〜７５年）

三国の魏の二代目　明帝

（名前は「曹叡《そうえい》」　在位２２６〜２３９年）

〜〜〜〜〜〜〜〜〜〜〜〜〜〜〜〜〜〜〜

ネッ　こんなに同じ皇帝名があるんだよ
ばあばは　頭がこんがらがっちゃった！
それから国名も…

〜〜〜〜〜〜〜〜〜〜〜〜〜〜〜〜〜〜〜

…後漢…

光武帝の興した後漢は　「ごかん」と読むの

そうそう…帥升《すいしょう》の朝貢したのは
この後漢なんだよ
西暦二五～二二〇年という長い間
洛陽《らくよう》に都を置いた王朝で
シルクロードは
この後漢の武帝の時に開かれたのだよ

その後ずっと時代を経て…
後漢（こうかん）と読む王朝が興ったの
でもそれは　西暦九四七〜九五〇年という
短命な中原《ちゅうげん》王朝だったの
（…「中原」という言葉…
見通しの良い原っぱにいる鹿を得ようと争い合う…
つまり諸侯《しょこう》が天下を取り合う状態を云《い》う）

〜〜〜〜〜〜〜〜〜〜〜〜〜〜〜〜〜〜〜〜〜

「魏《ぎ》」という国も　二度興っているの

［一度目の魏］…
周《しゅう》の諸侯の一つに
晋《しん》という国があったのだけれど
力を持った晋の家臣　韓《かん》氏・魏《ぎ》氏・趙《ちょう》氏が
紀元前四五三年に
晋を三分して　つくりあげた国に
韓《かん》・魏《ぎ》・趙《ちょう》があるの

その一つ「魏」（紀元前４０３〜紀元前２２５年）の国は
富強を誇り　栄えたけれど
紀元前二二五年に　秦《しん》に滅ぼされている

［二度目の魏］…
それから　ずうーと時代を経た紀元後
魏《ぎ》・呉《ご》・蜀《しょく》と次々国が興り
天下を三分した中国の三国時代があるの
「三国の〜」と書かれている時は
この時代を指すのだよ
あの有名な曹操《そうそう》の興した王朝も
この「魏」（西暦２２０〜２６５年）という名なの

曹操は華北を統一し
屯田制《とんでんせい》・戸調制《こちょうせい》をつくり
後世にも受け継がれてゆく
優れた政治力を発揮したというが
この「魏」は
東北（満州）や　朝鮮方面にも領土を広げ
取り巻く国々に朝貢をさせたのだよ

倭国の卑弥呼の朝貢も　その一つなの
『魏志倭人伝』のお話は
この「魏」の　明帝（曹叡《そうえい》）の時代の事なのね

〜〜〜〜〜〜〜〜〜〜〜〜〜〜〜〜〜〜〜〜

それから「晋《しん》」もね…

中国の一番最初に興った王朝と云われる「殷《いん》王朝」を
滅ぼして興した「周《しゅう》王朝」の
十二諸侯の一つの国名に　この「晋」がある

…繰り返すようだけど　もう一度聞いてね
この「晋」（周王朝の諸侯の内の一つの国名）の
家臣である韓氏・魏氏・趙氏が
「晋」を三分して
韓《かん》・魏《ぎ》（一度目の魏）・趙《ちょう》と
それぞれが独立して国を建て
諸侯として認められたのだが

周王朝の弱体化で
その封建的《ほうけんてき》支配が失われてゆく中
諸侯は　それぞれを王と称して
激しい領土の取り合いを激化させていった
この争いは　中国史の中
「戦国時代」（紀元前４０３～前２２１年）と謂《い》う
一つの時代区分をとるほどに長きに亘《わた》った

その後　時代を経て
二度目の「魏王朝」の皇帝より禅譲《ぜんじょう》を受け
諸侯「晋」の国王であった司馬炎が興したのが
「晋《しん》王朝」なの
この「晋王朝」は「五胡《ごこ》の乱」という戦争で
一度途絶え、翌年また再興されているので
歴史的には　最初の「晋王朝」を
「西晋《せいしん》」（西暦２６５～３１６年）…
二度目の「晋王朝」を
「東晋《とうしん》」（西暦３１７～４２０年）…
と言い分けているのだよ

～～～～～～～～～～～～～～～～～～～～～

また「高祖《こうそ》」「高宗《こうそう》」も　次々出てくる

「高祖」は
王朝を興した「最初の天子《てんし》」を語る時に…

例えば　漢時代を語る時
「高祖は…」と言えば
紀元前二〇二年　長安に都を置き
初めて「漢」という王朝を興した
「劉邦《りゅうほう》」を指して言うのだよ

漢は　長い歴史を持っていて
途中で一度絶えているので
前漢《ぜんかん》・後漢《ごかん》に分かれていると言ったね
でも「高祖」は　あくまでも劉邦なんだよ
だから「高祖の話…」が出てくれば
それは前漢時代の事だって判るの

また「高宗」は
その時代の「最も優れた皇帝」を語る時に
使われているのね

例えば　清時代を語る時
「高宗は…」と言うだけで
第六代の「乾隆帝《けんりゅうてい》」を指すのだよ

「冠《かん》するお名前」…
ばあばは　ふっと　思ったのだ

「卑弥呼」…「天照大神」…というのは
もしかして
女王さまの実名ではなく
女王となった者に冠せられる
お名前だったのではないだろうか？…と

『記紀』には卑弥呼の名が無い！
ばあばの考察　其の一

「神代」といわれる時代を　やっと自分なりに
弥生時代と定めたのに
また新たな疑問が湧いて来た

『日本書紀』は　日本の歴史を書いた本
『帝紀《ていき》』を基に書かれているが
沢山《たくさん》の海外の書も参照されていて
その中には『魏志』も名を連ねているのだ

だからね　当然
「卑弥呼」の名前は知っていたはず…
それなのに
どうして「卑弥呼」の名前が出て来ないの？

ばあばは　遠い古に思いを馳《は》せながら
何度も　何度も
「ヒノカミ」…「ヒノミコ」…
そして
「ヒミコ」…と　お口で発音してみたの

だって　この時代には
日本には「字」が無かったのだもの
「卑弥呼」は
魏の国の記録に書かれていた文字なんだよ

共通する文字の「ヒ」を見つめながら
…もしも二人が同一人物であったなら
天に照り輝く太陽を意味する
「日」の文字が
何故「卑《いや》しい」という意味を持つ
「卑」の文字になっているのだろう？…と
思ったんだ

そんな思いで　よくよく他の字を見ると

なんと 名前にも…地名にも…
そういう文字が使われているの

ヤマタイコク…「邪馬台国」（国の名）
ヒコ…「卑狗」（長官）
ヒナモリ…「卑奴母離」（副官）
ナコク…「奴国」（国の名）
キコク…「鬼国」（国の名）
クナコク…「狗奴国」（国の名）

沢山の漢字を使い分け
「字」の持つ意味もはっきり知った上で
あえて悪い意味を持つ「字」を
当て字するとは？…？…

日本の古の浪漫《ろまん》に浸ろう…と
そんな気持ちで読み出した
『魏志倭人伝』だった…

でもねぇ…これらの文字を目にした時

あぁ　これは
常に周辺の国々を侵略し
領土を広めていた魏が
東方の蛮族《ばんぞく》が住む国々を調べ
書き留めていた『書』であったのかも…と
思ったんだよ

現実に
卑弥呼を朝貢《ちょうこう》させた頃
魏は公孫氏《こうそんし》や高句麗《こうくり》を討って
満州《まんしゅう》　朝鮮方面に領域を広めていたのだ

それでもね
『魏志倭人伝』には
倭国の人々を　とても褒《ほ》めて書いているの
「其の俗は、…婦人は淫《みだ》れず、妬忌《とき》せず、
盗窃《とうせつ》せず、諍訟《そうしょう》すくなし」と

そして倭国の
折り目正しい様々な「仕来り《しきたり》」を

好意の眼差《まなざ》しを持って書いているのだよ

・・・・

これに先立つ春秋戦国時代《しゅんじゅうせんごくじだい》を生きた
孔子（紀元前５５１～前４７９年頃）の言葉を
書き記した『論語《ろんご》』の所々に
こんな言葉が記されている

「道が行われずば
筏《いかだ》に乗って海に浮かぼう
子、九夷《きゅうい》に居らんと欲す」

九夷とは
東方の九つの蛮族の住む国々（倭国も含む）の事

「戦いに明け暮れ
道徳も何もかも　乱れに乱れたこの国を捨て
筏に乗って東方世界に行きたい…
東方は　きっと君子の住むにふさわしい地…
あぁ　あの憧れの地に住みたい」

という意味なのだよ

ばあばには　この二つのお話から
敗戦後の日本が
駐留《ちゅうりゅう》したアメリカ軍の人々から
酷《ひど》い事をされなかった一つの理由が
浮かび上がってくるのを覚えたのだ
戦で負かした相手国への駐留軍として
やって来たアメリカ人たちは
日本中…そう　どんな片田舎に行っても
そこに任む人々の
律儀《りちぎ》で　やさしい態度に出会ったというの
そして　恐れられるどころか
笑《え》みを湛《たた》え　親切にされたと言うの
だから　アメリカ人は
日本人に一目《いちもく》おいて接してくれ
日本が敗戦から早く立ち直り
良い国になってくれるよう
力を貸してくれたのだと云《い》うよ

ばあばがこんなお話をしたのはね
…人間は
相手の為《な》す事　接する態度で
全《すべ》てを悟《さと》る
敏感な生き物だという事なの

徳を持った人間には
徳を持って応《こた》えようとする…
害心《がいしん》を持って接する者には
用心し
隙《すき》は見せまいと構えてかかる…

つまり　人間は
心に感じ取ったものを基《もと》に
身を守る行動を取る…
そんな習性《しゅうせい》を持つ生き物だという事なの

ばあばは　『日本書紀』が書かれた

時代背景を考えてみた
『書紀』はその完成までに
四〇年（編纂開始６８１～完成７２０年）という歳月《さいげつ》を
掛けているのだ

…白村江《はくそんこう》で惨敗《ざんぱい》したのは六六三年…
あんなにも憧《あこが》れていた「唐《とう》」は
思い出すも恐ろしき国となり
遣唐使船《けんとうしせん》も途絶《とだ》え
再び再開したのは七〇二年の事

…「親魏倭王《しんぎわおう》」の金印紫綬《きんいんしじゅ》…

魏国への　倭王卑弥呼よりの朝貢《ちょうこう》は
確かに　史書として書くべき
大きな史実には違いない

だが…

「魏《ぎ》」は
すでに滅《ほろ》び　今は無い

それより昔　帥升《すいしょう》らが朝貢した
「後漢《ごかん》」も
既に滅んで　今は無い

雄略《ゆうりゃく》天皇が上表文を送った
「宋《そう》」も
滅びて　今は無い

聖徳太子が遣隋使《けんずいし》を遣《つか》わした
「隋《ずい》」も
滅んで　今は無い

あぁ　かの国は
一体　どういう国なのだ！…

その答えは
『魏志《ぎし》』の倭人条に記された

この「文字」に有るではないか！
おそらく和《わ》化《か》漢文《かんぶん》が広まり
文字の「意味」と
沢山の文字それぞれの
微妙な意味合いの違いまで
勉強していたであろう編纂者《へんさんしゃ》たちは
「卑弥呼」をはじめ
「邪馬台国《やまたいこく》」「卑狗《ひこ》」「卑奴母離《ひなもり》」
「奴国《なこく》」「鬼国《きこく》」「狗奴国《くなこく》」…
この侮蔑《ぶべつ》に満ちた文字を見て
なんと思った事だろう

「あぁ　既に魏は滅んでしまっているが
かの国の侵略を受けずに良かった！」と
思った事だろう

それからまた
「あぁ　倭王武《わおうぶ》（雄略天皇）も
宋の臣下に下らずに良かった！」と

思った事だろう
もしも　あの時
雄略《ゆうりゃく》天皇（『日本書紀』巻第十四　大泊瀬幼武天皇《おおはつせのわかたけのすめらみこと》）が
きっぱりと
任那《みまな》伽羅《きゃら》の領土への未練を断ち切り
国交を絶たなかったならば
恐《おそ》らく　朝鮮半島内の国々の紛争に巻き込まれ
必ずや　それに乗じた中国からの
あのただならぬ…恐ろしい…戦を受け
日本は滅び
今は無かったかも…と

ばあばは　歴史を知れば知るほど
編纂者たちの脳裏を過《よぎ》った思いを
感じずにはいられなかった

そしてその事が　突然
長い事　解らないでいた
神功皇后《じんぐうこうごう》（『日本書紀』　巻第九　気長足姫尊）の

朝鮮征伐《ちょうせんせいばつ》の件の　解明へと繋《つな》がっていった

・・・・
あれは百済《くだら》からの援軍要請を受け
初めて海を渡った時の話だったのだ…と

この件《くだり》を『古事記』で読むと
日本が朝鮮征伐に出かけた如《ごと》き書きぶりで
海の魚たちまで協力して
船を朝鮮まで運んでくれる場面まで有り
まるで戯曲《ぎきょく》のような筆致《ひっち》で
他の巻の文章とは明らかに違うのだよ

それが為か　多くの歴史書に
「この巻は
後から違う者が書き足したのでは？…
或いは　書き換えたのでは？…」
と云う意見が添えられているの

そして　ばあばは

その真実を知りたくて
『記紀』ばかりでなく
当時の朝鮮半島内を書いた「歴史書」をも
読んでみたのだ

そして…
朝鮮に戦いを挑《いど》んだ如《ごと》く
書かれているこの史話が　本当は
朝鮮三国内の一つ「百済《くだら》」からの要請により
援軍に出かけた時の話であった事を知り…

なおかつ　この前巻の
「巻第八　足仲彦天皇《たらしなかつひこのすめらみこと》」を読む事により
神功皇后の夫　足仲彦天皇（仲哀天皇《ちゅうあいてんのう》）が
度々の熊襲《くまそ》の反目《はんもく》に頭を悩まし
熊襲征討《せいとう》の準備をしていたその時に
百済からの援軍要請《えんぐんようせい》を受け
心労のあまり急逝《きゅうせい》してしまった事を知り…

その悲しみの中で

神功皇后《じんぐうこうごう》は　身重《みおも》の身をも顧《かえり》みず
亡き夫に代わり
出陣の指揮を取ったのだという事を知った

そして
この遠い　遠い昔の出来事…
百済からの援軍要請を受け　派兵《はへい》した事が
その後の日本の歴史に幾《いく》たびも
厚い黒雲となって　日本国を　日本人を
苦しませてきた実態を知った…

しかし　まるで神に守られているかのように
意気揚々《いきようよう》とした　この出陣の描写！
これは大いに　日本人に
「神国日本《しんこくにほん》」を
信じさせる源《みなもと》となったであろう

そして　これが
『記紀《きき》』を読まさなくなった「一つの理由」と
なったのではないだろうか？…と考えた

こうして
中国　朝鮮の　歴史の実態《じったい》を追い
究明《きゅうめい》してきた時
『記紀』の編纂者たちの胸を襲った
「不安の大きさ」を知り
ばあばは思ったのだよ

神功皇后のお話は
この『日本書紀』が
海外（中国・朝鮮）でも読まれる事を想定しての
編纂者たちの
精一杯の示威《しい》であったのだろう…と

「卑弥呼の朝貢は　書くべき史実だ！」

「…だが…この史実が
かの国々の害心《がいしん》に
どんな形で
火を点けないとも分からないではないか！」

遣唐使《けんとうし》船《せん》が途絶《とだ》えていた間も
再開されてからも
おそらく最後の最後まで
この史実と　脚色について…
編纂者たちの意見は紛糾《ふんきゅう》したであろう

それでも彼らは　歴史書を書く者たち…
「ひみこ」の名は
言い伝えの「ひのみこ」の
夢のような神代の話の中に
しっかりと　書き留めたのだ

『記紀』には卑弥呼の名が無い！
ばあばの考察　其の二

それと　もう一つ
ばあばは　こうも考えたのだ
…もしかして
彼らが『日本書紀《にほんしょき》』の基《もと》にした『帝紀《ていき》』にも
『古事記《こじき》』の基にした『旧辞《きゅうじ》』にも
卑弥呼の朝貢の話が　無かったのかも…
…弥生時代（紀元前３００年頃〜）に入ってから
既に　五〇〇年以上も経ったこの頃には
恐らく　国中に
沢山の部族が林立していたに違いない…と
そして次に　こう考えた

…朝鮮　中国とは　目と鼻の先の
九州にも
沢山の部族が一つになって
ヒミコという女王を立てて興した
一大部族集団があったのだろう…と
そうして　このようにも考えたのだ

…魏国が
周辺の東の蛮族《ばんぞく》の一つとし
その一大部族集団に
朝貢を申し渡し
使者が出されたとしても
なんの不思議もないではないか…と
しかしその時点では　あくまでも
倭国の代表として朝貢したに過ぎない
ばあばの　その考えの元は…
『魏志倭人伝』の「倭国」の説明部分に

卑弥呼を女王に
一つに纏《まと》まった国々の名を書き連ねた最後に
狗奴国《くなこく》の名をあげ
「…この国は
男子を王とし　女王には服属《ふくぞく》していない」と
書かれているのを見たからなの

だから　卑弥呼を女王とするこの国は
沢山の部族が
大きく纏まって作った国ではあるが
まだまだ
「日本国を作る」という考えの元に
一つになった国ではなかったのだ…

何故《なぜ》なら
卑弥呼が亡くなった後
「更《あらた》めて　男王《だんおう》立つるも　国中服《くにじゅうふく》さず
更《さら》に相誅殺《あいちゅうさつ》して　当時千余人を殺す」
という文があったからだよ

それじゃあ
「日本国を作る」という考えを
真剣に持ち始めたのは何時からだろう？…

……
魏志倭人伝の最後にこういう文があったのね
…「復《また》　卑弥呼の宗女《そうじょ》（卑弥呼一族の中の女）の
壱与《いよ》年十三なるを立てて　王と為し
国中遂《くにじゅうつい》に定まれり……
政等《せいら》（張政）檄《げき》を以《もっ》て壱与に告喩《こくゆ》す」と

「檄」を送る…
小さな隣の島の内部争いなど
大国《たいこく》　魏にとっては
侵略《しんりゃく》の絶好《ぜっこう》のチャンスであった筈《はず》！

けれど「檄」をもって
壱与に
励ましのエールを送った元帝…

そして　壱与は
この「檄」を　ありがたく受け取り
張政《ちょうせい》等（魏王朝の臣）を送り届けると共に
使者を立て
沢山の貢物を持って朝貢したのだよ

この朝貢は西暦二六五年十月の事…
元帝《げんてい》と使節団《しせつだん》は　どんなお話を交わし
それを　壱与に
どんな風にお伝えしたのだろう

しかし何と　その同年十二月十三日には
元帝は　晋《しん》（この「晋」は、魏の封ずる諸侯の一つ）の
司馬炎《しばえん》に禅譲《ぜんじょう》し　魏王朝の幕を閉じ
司馬炎は
西暦二六五年十二月十七日を
泰始《たいし》元年として
晋王朝《しんおうちょう》（この晋は、「晋」という王朝）を興し
「武帝《ぶてい》」として即位したのだ

そして『晋書《しんしょ》』と『晋起居注《しんのききょちゅう》』の両書には
二六六年十一月　倭国より
新しく興された晋《しん》王朝と
武帝の即位を
慶賀　奉祝する為の使節団がやって来て
沢山の方物《ほうぶつ》が献じられた事が記されている

ばあばは思ったのだよ
…壱与は　この時初めて
「この国を背負って立つ者」
という意識を持って行動したのだろう…と

そしてその意識を持たせたのは
元帝の「檄」が
原《もと》になっているのではないか…と

「檄」の内容に触れている歴史書は無い
ただ一冊
「檄は、魏に忠誠を尽くすように…という内容の
ものだったろう」と書かれたものがあった

「まあ　そんなものだろう…」と
読み過ごしていたが
元帝を調べる内に
「いや　違う…この檄には
壱与たちを…倭を　目覚めさせる
何かがあったに違いない！」
と思ったのだ

時に　人は
たった一つの言葉で…
たった一つの事象《じしょう》（事実　現象…事の成り行き）で
意識が変わり
自分を変えるものだ

必ずや　この檄には
壱与たちをして
倭を　「ヤマトの国」に変えるほどの
「言葉」があったのだ…と

ばあばは
元帝の生き様《いきざま》の中に
その言葉の鍵《かぎ》となるものを探そうと思った

……

元帝は名を曹奐《そうかん》といい　曹操《そうそう》の孫なのね

曹操（三国の「魏」の始祖）は
後漢《ごかん》（25〜220年）の末の一九八年
献帝《けんてい》を立て　実権を握り　魏王となったの
（この時代の「王」は、「皇帝」を意味する言葉ではなく、王朝から受けた封土内の人民を支配した「諸侯」をいう）

そうして　二二〇年
魏王朝を建て
初代皇帝「文帝」（在位220〜226年）として
即位したのは　曹操の長子の曹丕《そうひ》なの

二代目が曹叡《そうえい》

「明帝《めいてい》」（在位226～239年）で
卑弥呼に
「親魏倭王」の印を授けた皇帝だよ
司馬懿《しばい》に命じ　蜀《しょく》を討ち
東北（満州）・朝鮮にまで領土を広めているよ

明帝亡き後　三代目には
幼き帝の曹芳《そうほう》（在位240～249年・249～254年）が
立てられたが
幼い帝にかわり司馬懿が
権臣《けんしん》（権力を持った家来）として
王朝の実権を握ったのだ

四代目の皇帝　曹髦《そうぼう》（在位254～260年）は
司馬懿から実権を取り戻そうとするが
反対に　司馬懿のクーデターに会い
殺されてしまったの

魏五代目の皇帝「元帝」（在位260～265年）は
二〇歳の時

司馬昭《しばしょう》によって立てられたから
「元帝」は　司馬昭の傀儡《かいらい》…
つまり司馬昭の意のままに動く
操《あやつ》り人形と謂われたの

即位した年
「元帝」は　司馬昭に
相国《しょうこく》（宰相の称）の位を与えようとしたが
司馬昭は　それを断ったので
「元帝」は　司馬昭を
前例に倣《なら》って「特別待遇」として
手厚く遇《ぐう》したと云《い》う

その後二六三年
魏は　蜀漢《しょくかん》を滅ぼし
司馬昭は晋王《しんおう》（諸侯の一つ）となった

司馬昭が二六四年亡くなり
その子司馬炎が晋王（この晋は諸侯）を継いだのだが
翌年の二六五年

「元帝」は　司馬炎に禅譲して
魏王朝の幕を閉じたのだよ

そして時代は　晋王朝へと替わるのだ

皇帝退任後の元帝　いや曹奐《そうかん》は
陣留王《ちんりゅうおう》に封じられ　鄴《ぎょう》に移り住み
八王の乱の最中に五七歳で亡くなっている

…「禅譲」というのは
「争わず位《くらい》を譲る」という事なの

新たな王朝が興る時には
大きな戦争が起こり
沢山の人が死ぬもんだよ
でも　禅譲という形を選んだ「元帝」…

生まれ出るより
絶え間ぬ戦いに翻弄《ほんろう》された「元帝」は
壱与に…

倭国に…
どんな檄《げき》を送ったのだろうか

きっとその「檄」には
こんな言葉があったのではないだろうか…

〜〜〜〜〜〜〜〜〜〜〜〜〜〜〜〜〜〜

「私共はあなたの国を
「親魏倭王」の印綬を授《さず》けてより
大切に思ってきたのですよ

貴国の中に　長い間
争いが続いておりました事　聞きおよび
心を痛めておりましたが
新しき女王様の元　それも収まったとの事
安堵《あんど》いたしております

斯《か》く言う私も　今
争いの多かったこの国の

新たな出発を考えております

これからは
争う事なく　一心に
民に安寧《あんねい》な生活をさせる事に
心《こころ》を砕《くだ》こうと思っております
お互い　真に平和な国を
作り上げようではありませんか

今　私は
新たな国作りを考えております

どうかこの新しき国も
私の魏と同様
大切に忠誠を尽くして下さい」

〜〜〜〜〜〜〜〜〜〜〜〜〜〜〜〜〜〜

これは　あくまでも
ばあばが考えて書いた「檄文《げきぶん》」なんだけど

きっと　そのお言葉には
「元帝」の
ひたすら民の安寧を願う思い…
戦いの無い　真に平和な国作りへの思い…
そんな思い溢《あふ》れるお言葉があったのであろう

この様な檄の言葉を受け
単なる部族の大集団に過ぎなかった
邪馬台国の人々が
良き国づくりに目覚め
国の在り方を真剣に討議し
「一つの国」を意識し　動き始めた…
それが　あの史実
……
『晋書《しんじょ》』『晋起《しんのき》居注《きょちゅう》』の両書に記された
武帝泰初の二年十一月（西暦２６６年）に
倭より
武帝の即位を慶賀《けいが》　奉祝《ほうしゅく》する為に
遣《つか》わされた使節団のお話だったのだろう

『晋起居注』という史書の
題名の由来は
「晋国の皇帝の　起きるから寝る迄《まで》の日常を
細かく書き記したもの」という意味なの
だから　これは確かな史実だろうよ

だが『帝紀《ていき》』は
「天皇の記録」という意識のもとに
記されたもの…或《ある》いは　口承《こうしょう》されたもの…

『古事記』も然《しか》り
『旧辞《きゅうじ》』は言い伝えを基《もと》にしたものだが
それは　天皇に纏《まつ》わる言い伝えに
絞られていったのであろう

…その理由は　卑弥呼の朝貢に触れたくない
先の危惧《きぐ》と不安があったからかも…

ともかく　この史実が
『古事記』にも『日本書紀』にも

何らの形にも
記される事のなかったという事実…

それは　まだ　この西暦二六六年の時点では
大王《おおきみ》（天皇）の存在はなかった…
という事実を　ばあばに確信させたのだ！

神武東征記《じんむとうせいき》は
この後の事が書かれているのだよ

ウーン…という事は
神武天皇が即位した年を
紀元前六六〇年とするのは
間違いではないかなぁ？…？…
だって紀元前六六〇年は縄文時代なんだもの

ばあばと話そうよ

第十六章

ねえ　みんな
一緒に考えようよ！

「卑弥呼女王」に気を取られ
誰も疑問に思うこともせず
素通りしてしまっているようだけど
「この世から戦争を無くしたい！」
と思っているばあばには
これが一番の関心事…知りたい事なの

だって　戦いに明け暮れていた男たちが
共に相談し
女を王にしてまでも
「争い合う事をやめよう」と　決意したのだよ！

そうして
「一つの国に纏まり　平和に暮らそう」と
結束《けっそく》したのだよ！

一体　彼等の心に
何が起こったのだろう？…って事を

ばあばは　日本ばかりではなく
世界の歴史の中に
同じような動きが有りはしまいかと
年表の　先史《せんし》　有史《ゆうし》に目を凝《こ》らした

「ねぇねぇ　ばあば　有史ってなあに？」

ウン…「有史」はね
文献的史料《ぶんけんてきしりょう》が存在しだしてからの
歴史を謂うのだよ

だから　それ以前は「先史」っていうの

…「先史」はね
文字がなく　文献が遺《のこ》されていないから
遺跡《いせき》　遺物《いぶつ》の調査をし
それを基に
古《いにしえ》を　考えて見る…想像してみる…
つまり　「考古学《こうこがく》」をもとに
辿《たど》る事の出来る時代の歴史の事だよ

そうそう　だからね
また新たな遺跡や遺物が見つかって
事物《じぶつ》の発祥《はっしょう》の年代が
塗り替えられる事が度々あるよ

……さあ　先史から有史へ……

人間の　初めての
世作り…社会作りが始まった！

人間はね　いつの時代も
闘争本能《とうそうほんのう》に負け　争い合ってしまい

大きな苦しみに陥《おちい》ってしまうんだ…
でも　挫《くじ》けそうになる人間たちを
支え…励まし…
乗り越えさせて来たものがある

いつの世も
人は　どんな苦しみの中にあっても
「心を揺《ゆ》り動かすもの」を感受《かんじゅ》し
そして
それを頼りに
全てを乗り越えて
再び　新しい世作りへの
ステップを踏み出して来たのだよ

絵　バベルの塔

人の心を揺り動かしたもの　其の一
救《すく》い　守《まも》り　諭《さと》す　神の存在

日本の先史時代　縄文時代の後期に入る頃
B・C・二三〇〇年頃から
ユーラシア大陸（ヨーロッパ…つまり「ユーロ」と
「アジア」の二つが在る地球上一番大きな大陸）の
大きな河川の各流域に
［文明］が起こり出したの

…その理由は？…

人は
食する生き物なの
動物を食し　植物を食し
そうして生命を維持する生命体なんだよ
長い事　長い事　何百万年もの間

動物を狩りして食べ
木の実を食べ　草を食べ
そうしてその生命を繋いできたのだね

だけど　ある日
稲やら　麦やら
すごーく美味しい　凄《すご》く身体に良い
食べ物を見つけたんだ！

そして　その食べ物は
作り育てなければならない植物だったのだ
こうして人々は
耕して作物を得る事を覚えていったのだね

そんな好い事は
あっと言う間に広がるもんだよ！

川の水が有っての
農耕であり　生活であるから
人々は川沿いに暮らし出した

そしてその土地で
安定した暮らしが出来ると知って
多くの人々が集まって来た
だから　そのうち
農耕だけじゃなくて
様々な技術で
生活の生計を立てられるようになり
そうしてそこは
様々な人々が暮らす一大都市となってゆく

そんな雑多《ざった》な…
様々な技術と…
沢山の労働力は…
見たこともないような素晴らしい
文明の所産《しょさん》を作り出していったのだよ

…インダス川流域に起こった
「古代インダス文明」

特にインドのモヘンジョ・ダーロには
素晴らしい都市計画をもとに作られた
古代《こだい》都市《とし》の遺跡《いせき》が見つかっているよ

…ティグリス川とユーフラテス川の
流域《りゅういき》に挟《はさ》まれた地　メソポタミアに起こった
「古代メソポタミア文明」

…肥沃《ひよく》な黄河《こうが》の下流域に起こった
「古代中国文明」

…エジプトのナイル川の流域に起こった
「古代エジプト文明」

これらは古代四大文明と言われているよ

肥沃な土と　豊かな水に恵まれ
世界一幸せな地を与えられた人々は
どんな幸せな暮らしをしているのだろう？…
どんな美しい花を育てているのだろう？…

……

さて　世界最古の文明は
「メソポタミア文明」と云われているよ

ユーフラテス川は
トルコの北東部の山地を源流にし
シリアを通り…イラクを通り…
ティグリス川と合流し
ペルシャ湾に注いでいる

ティグリス川は
南カフカース　トルコとイランにまたがる山
大アララト山（標高５２０５メートル）からの水を源流に
イランを通り…イラクを通り…
ユーフラテス川と合流し
ペルシャ湾に注いでいる

うん　そうだね
イラクには

ティグリスと　ユーフラテスの
二つの川が流れているんだよ

イラクの
メソポタミア（二つの川に挟まれた土地という意味）は
とても肥沃（栄養豊かな土質）な地で
もともと自然の小麦が野生していたんだって

そこで　人々はその地に定住し
その小麦を育て…改良し…
もっともっとおいしい小麦に育て
そればかりか　その他にも
色々な作物が
採れる地にしていったのだよ

どこからでも入れる開放的な地形
そのうえ　肥沃な土
だから
様々な部族…様々な種族…の人々が
この地を目掛け　やって来て

任みついたのだね

そしてそれぞれの国を興し
文明を花開かせたのだが…
あぁ　それも束《つか》の間《ま》
国々は自国の領土を広げようと
奪い合いが起こり出し
人間の闘争本能によって
絶え間ぬ抗争が繰り返され出したのだよ

メソポタミアの都市　バビロンの名は
ウル第三王朝時代（紀元前２１００〜前２０００年）の
主要都市として登場…
だがその後
ウル王朝は滅亡してしまったの

そのメソポタミアを再統一して
バビロン第一王朝を興し
バビロンを　もう一度
世界の中心と言われるまでに発展させたのは

あの「目には目を」で有名な
ハムラビ法典を発布した事でも知られる
ハンムラビ王なのだよ
（在位紀元前１７９２年頃～前１７５０年頃）

ばあばの耳にしたところを言うと…
……

あの旧約聖書（紀元前１０世紀～前１世紀に書かれたイスラエルと
ユダヤの文献を基にユダヤ教の聖典として纏められた書）で名高い
「バベルの塔」は
古代メソポタミア文明の基礎を作った
シュメール人の故郷に
山々を仰ぎ見て祈る「山岳信仰」があり
それが平野部に持ち込まれたのではないか…
と謂《い》われているの

その頂《いただ》きに神がくだる
「聖塔」として
ウル王朝の時代に造られたのが
始まりだと謂うんだよ

そうして　ハンムラビ王の
バビロン王朝の時代になると
古代メソポタミアの各市に
その主神殿が建てられたと云《い》うのだ

その事から
あまりにも高い…大きい…登りやすい…
その建造物は
もう一つの役目を担っていたのではないか…
と謂う説があるのだよ

それはね…
二つの河に挟《はさ》まれ
豊かな地であったバビロンは
それと同時に
常に河の氾濫《はんらん》に
悩まされる地でもあったのだよ

だから

あの「バベルの塔」は
いざという時の
避難の高台の役目をしていたのでは？…
という説なの

ばあばは考えたのだ

…「目には目」…

きっと　ハンムラビ王は
人間の「戦いの遺伝子」を
法をもって　断とうとしたのだろう…と

…「バベルの塔」…

きっと　ハンムラビ王は
神《かみ》の降臨《こうりん》する頂は
川の氾濫《はんらん》から逃げ惑う人々を
救う場所にもしようとしたのだろう…と

ハンムラビ王は
その治世の間　ずっと
人間の悪心に…
人間の弱さに…
真剣に向き合い
彼独特の方法で
敢然《かんぜん》と　対処《たいしょ》してきたのだろうとね

しかし　王が亡くなるや
国内の叛乱《はんらん》と
周辺諸国からの攻略で
王朝は滅亡してしまい
また戦いが繰り返されるようになったのだよ

肥沃な土と　豊かな水に恵まれ
世界一幸せな地を与えられた人々は
どんな幸せな暮らしをしているのだろう？…
どんな美しい花を育てているのだろう？…

今　そこは

爆風《ばくふう》吹きすさぶ
瓦礫《がれき》の山の地と化した…

中東戦争…
その歴史を幾度も読み返しては
ため息をついていたばあばの目に
飛び込んで来たのは
…孔子《こうし》（紀元前５５１～前４７９年頃）の名
…釈迦《しゃか》（紀元前４６３～前３８３年頃）の名
…キリスト（紀元前４～紀元３０年頃）の名

彼らは
中国　インド　中東の地に生まれ
激しい戦争の世に生きた「人間」なのだよ

「孔子」は学者であり思想家
「釈迦」は王子様
「キリスト」は大工の息子

身分が違っても…

立場が違っても…
彼らが行き着いた先の
「言葉」は同じだったのだよ

孔子様は
「恕《じょ》（思いやる事　許す事）」を説き
「己《おのれ》の欲《ほっ》せざる所は人に施すなかれ」と教え

お釈迦様は
「慈悲《じひ》」を説き
「自分より愛《いと》しいものはない
同様に　他の人々も自己は愛しい
故に　自己を愛するものは
他人を害してはならない」と説法なされ

キリスト様は
「博愛《はくあい》」を説き
「汝《なんじ》の敵を愛せよ」とおっしゃったの

彼らは

人間というもの…
人の生というもの…
人はどうあらねばならないか…を
突き詰め
そのお考えを
沢山の言葉でお話しして下さったの

人々は
初めて聞く言葉の数々を
どんな思いで聴《き》き入《い》った事だろうね

この地球上に
始まったばかりの人間社会でのお話なの
日常の僅かな言葉しか無い時代のお話なの

争いに苦しめられ
怒りも　悲しみも　慰《なぐさ》めも
どのように表せば良いのか…
為《な》す術《すべ》を持たなかった人間たちにとって

この沢山の言葉は
どれだけの「救い」になった事だろう
どれだけ「深い心」を持たせた事だろう
そして
違う人間同士が
共に生きてゆく術を
この言葉で教えられたのだね

今はね　神様という言葉を
簡単に口にするけれど
ばあばは　もっと　深く考えてみたい…

古の　そのまた昔は
自然災害の苦しみにも
病気の苦しみにも
争い合う苦しみにも
為す術を持たなかっただろうね
そして　それは
何かの「罰《ばつ》」のせいだ…と考えられていたの

もし　それを采配《さいはい》する者が在《あ》るとするなら
「恐ろしい存在」のモノと考えただろう…
そう…それは
今言う神様ではなく
「罰をあたえる存在」…
「祟《たた》りを起こす存在」…だったのだよ

そう…あのバベルの塔の言い伝えは
「救いの神」という観念が
まだ生まれていなかった時代の
お話だったのだろうよ

故郷のお山に拝《おが》んだ日々を思い
高い建物を作った人々の心…
洪水《こうずい》から一人でも多くの人を
救ってあげたいと思った王様の心…
人間として大切な　この「心」を思いやらで
あの「言い伝え」は

「天にも届くような高い建物を造るなんぞ
神を冒涜《ぼうとく》するもの！」として
人々に罰を与え
みんな言葉が通じなくなってしまった…
と云うお話だったね

でもね
当時のメソポタミア　バビロンは
本当に　皆の憧《あこが》れの地であったのだよ
様々な地域から
沢山の民族　部族が入って来たのだもの
言葉が通じなかったのは
当たり前の事だよ

ばあばは　しみじみ考えたんだ…
本当に　ほんとうに
孔子様も
お釈迦様も
キリスト様も
優しい　深い心の人だったんだなぁ…と

この世の苦しみに喘《あえ》ぐ人々の為に
真剣に…一生懸命に…考えに考え…
そうして
その「悟《さと》りの言葉《ことば》」を
人々が　ようく理解できるように
様々なお話を通して語って下さったのだもの

人々は
その言葉を聴いてはじめて
為《な》す術《すべ》もない自分たちを
救《すく》い…
守《まも》り…
諭《さと》してくれる者が
この世に存在したことを知り
彼らを神格化《しんかくか》し
彼等の言葉の記された
聖書《せいしょ》　教典《きょうてん》　祈《いの》りの言葉《ことば》と共に
日々を生きるようになったのだね

人の心を揺り動かしたもの　其の二

本来の人間の心

ばあばは　今尚《いまなお》続く中東戦争を思い
かの国々の人々の苦しみを思った…
一体どうしたら
争いを収めることが出来るのだろう？

中東には
沢山の聖人の
尊き良き言葉を知る人々が住んでいる…
そこには聖地《せいち》と謂《い》う場所がある…
そこには沢山の聖人《せいじん》が祀《まつ》られている…
人々は　真剣な祈《いの》りを捧《ささ》げている…

それでも　争いは続く

…なぜか突然
孟子《もうし》の説《と》いた「性善説《せいぜんせつ》」を思い出したんだ

それはね　こう謂う説なの

「人間の本性《ほんしょう》は善《ぜん》であり
生まれながらにして
仁《じん》（慈しみ・思いやり）と
義《ぎ》（道理・条理に従い人道に尽くす）が具《そな》わっている
だから
道徳による政治をすべきだ」
というものなの

それから
荀子《じゅんし》の説いた「性悪説《せいあくせつ》」を思い出した

それはね　こう謂う説なの
「人間は欲望を持つ

それゆえ　その本性は悪である
だから
社会秩序《しゃかいちつじょ》を保つためには
作法《さほう》・制度《せいど》・礼法《れいほう》をもって
正さねばならない」というものなの
…きっと　あのハムラビ法典は
性悪説的な発想によって作られたのだろう…
ばあばは　世界史の授業で
この法典の
「目には目を・歯には歯を」の文言を聞いて
体が　ぞぅっと冷たくなったのを覚えている
恐らく　法典の発布された当初は
刑法の恐ろしさに
争いは無くなったのかもしれない
だけど…
復讐法《ふくしゅうほう》の成文化《せいぶんか》で名高いこの法典は

人間の悪心《あくしん》を…害心《がいしん》を…
抑制《よくせい》するものにはならなかったのだよ

むしろ
まるで復讐　報復の正当性を
一時でも認めたことで
この恐ろしい文言《もんごん》だけが
中東の人々の心に
刷り込まれてしまったのかもしれない

あぁ　ハムラビ法典は
とうの昔の物であるのに…

中東は　古から今に至るまで
破壊《はかい》を破壊で返す行為をし続けている
あぁ…
それを止めるものがあるのか?…

そこまで考えて
ばあばは魏志倭人伝の中の

戦争をやめて
みんな一つになって
平和な世を作ろうとした人々の
お話を思い出した

この『記紀』に名前は出てこなくても
日本の歴史の中に
卑弥呼女王を中心に
壱与女王を中心に
戦争の無い世を作った
男たちがいた事も確かな事実だ

戦いに明け暮れしていた男たちの
心を揺り動かし
本来《ほんらい》の人間《にんげん》の心を取り戻させた
何かがあったのだろう

「ン？…ばあばぁ
本来の人間の心ってなあに？」

うん　この前　お話しした
孔子様や　お釈迦様や　キリスト様が
考えに考え
行き着いた先の言葉を思い出してごらん
みんな一緒の言葉だったね

その言葉は…
人と共に生きてゆく為の
「人間」としての
心の在り方を説いているのだね

ばあばは散々考えたんだ
「彼等は戦いの遺伝子《いでんし》を持った男なのに
何故　そう考えることが出来たのか？」とね

そして　こう思考して行った
「男の体に
何故　戦いの遺伝子が出来たのか？…？…

それは
大切な　大事な　愛する　家族や仲間のために
食料とする動物と闘い続けた
何百万年という歳月の結果ではないか！

ならば
男の体には　戦いの遺伝子と同時に
身《み》を呈《てい》して
大切な　大事な者を守ろうとする
強い愛の心と…
動物と闘うために培《つちか》われた
緻密《ちみつ》…周到《しゅうとう》…冷静《れいせい》…な
「理智《りち》の心《こころ》」も
そのまま　遺伝子となって
体の奥底に脈々《みゃくみゃく》と受け継がれていたのだ…と

ここまで考えて来て　ばあばは驚いた

みんなと　お話する為に
お釈迦様の説いた言葉を辿《たど》りながら

「説法《せっぽう》は　哲学《てつがく》みたいだね…」と
じいじと　お話しした事があったのだよ

それを思い出して
「哲学」を　辞書で引いてみると
ギリシャ語で
「philosophy」「philosophia」
と言う語が書かれていて
「物事《ものごと》を根本原理《こんぽんげんり》から統一的《とういつてき》に突《つ》き詰《つ》め
深く考えていく学問」とあり
「西周《にしあまね》（１８２９～１８９７年）が　希哲学《きてつがく》と訳し
それが哲学という言葉に定着した」とあった
（希哲学…賢哲《けんてつ》の明智《めいち》を希求《ききゅう》する学問。
また「希」は哲学の発祥の地、ギリシャの日本語表が「希臘」であり、
その「希」を採ったとも考えられる）

そして　このギリシャ語を
日本語に直訳して
なんと…
「愛《あい》」「智《ち》」と書かれていたの

…本来の人間の心…

今　ばあばは自信を持って言おう！
男の本来の人間の心は
身を惜しまず
人のために尽くそうとする
強い愛が　その根底をなしていたのだ…と

そして　何百万年という狩猟生活《しゅりょうせいかつ》で
動物を仕留《しと》めるために培《つちか》ってきた
緻密《ちみつ》　周到《しゅうとう》な判断力《はんだんりょく》…
冷静《れいせい》　沈着《ちんちゃく》な行動力《こうどうりょく》…は
これもまた
遺伝子《いでんし》として脳内《のうない》にしっかりと根付《ねづ》き
道理《どうり》を突《つ》き詰《と》め…
智慧《ちえ》を尊《とうと》ぶ…
「理智《りち》の思考力《しこうりょく》」を男達に持たせたのだ…と

聖人《せいじん》…
哲学者《てつがくしゃ》…
その殆《ほとん》どが男であるという事実…

きっと
彼等の説法《せっぽう》も…
論理《ろんり》も…
男の心の根幹《こんかん》をなす
「愛《あい》」と「智《ち》」の遺伝子により
思考《しこう》され　紡《つむ》ぎ出《だ》された言葉なのだろう…と

人の心を揺り動かしたもの　其の三
日本人の信仰心と道の精神

ばあばは
『魏志倭人伝』に記されているお話は
戦いに明け暮れていた男たちの心を
大きく揺り動かした者が現れた事を
証明している…と思ったんだ

「戦争では
愛する者　大切なもの　大事なものを
守れはしない
人みんな　共《とも》に生きる…
その心《こころ》懸《が》けが大事なのだ！」と
本来の人間の心を目覚《めざ》ました者…

ばあばは　それについて一生懸命考えてみた

「争いをやめ　共に生きよう！」と説いた
キリスト様やお釈迦様がそうであったように
その者は　古《いにしえ》のその時から
日本の人々の心に
神様のように存在して来た筈《はず》…と思ったのだ

でもね　ばあばは
世界の宗教の様々な形に思い及ぼし
考えて見たのだよ

…その者は
人々の心を
「説法《せっぽう》の言葉《ことば》」で掴《つか》んだのではない

…その者は
人々の前で
「奇跡《きせき》を起《お》こす力《ちから》」を示したのではない

…その者は
人々の心に

「罪《つみ》の意識《いしき》」を持たせてはいない…

…その者は
人々の心に
「霊力《れいりょく》への恐《おそ》れ」を持たせてはいない…

日本の人々は
日曜礼拝《にちようれいはい》もしなければ
懺悔《ざんげ》もしなければ
断食《だんじき》もしない
ひれ伏《ふ》して拝《おが》む儀式行為《ぎしきこうい》もしない

それでも　日本人の信仰心《しんこうしん》はとても深いのだ
日本人は
神《かみ》も　仏《ほとけ》も　隔《へだ》てなく
祈る…拝む…

それは
日本人の祈りが
自分の心に　誓うもの

自分の心に願うものだからだろう
……
ばあばは　ここまで考えて来て
その神とも思う者が
日本人の心根に
欣求《ごんぐ》（心から求める事）…
求道《ぐどう》（正しい道を求める事）…の
「道」の精神を
作り上げて来たのだと気が付いた

それまで　ばあばは
日本人の心に「道」の意識が入ったのは
儒教の教えが本格的に教え込まれた
江戸時代から…と思っていたけれど
この時　はっきりと
「…いいや　違うんだ！」って　思ったの

この「道」への思いは
この『記紀』の中の「沢山のお話」が
お伽話《とぎばなし》として

日本中のお母さん達が
子供たちに語って聴かせた
遠い遠い古《いにしえ》から始まっていたのだ

いやいや　そのもっと以前
古事記の基となった『旧辞』…

そのまた元となった
沢山の「言い伝え」から…

いやいや　そのまた原《もと》となる
心《こころ》揺《ゆ》さぶる噂話《うわさばなし》が
人々の中を流布《るふ》し
語《かた》られ　論《ろん》じられた
その時から始まっていたのだ！…と

絵　開拓地を耕す親たちの傍で遊ぶ子等

人の心を揺り動かしたもの　其の四
良い噂話は良い事を起こす

ねえ　みんな
噂話《うわさばなし》はどんな時にするんだろう？

ばあばは　昔から心に誓っているの
「決して　人の悪口は言いません」ってね

何故ってね…
噂話で　人の悪口を言うと
必ず自分に禍《わざわい》が起こるんだって…

それからね
良い噂話をすると
必ず　自分にも良い事が起こるんだって…

だから

ばあばが噂話をする時は
何か　心に感ずるものが有る時に
他の人は　それについて
「どんな風に思っているのだろう？…」と
話し合う時だよ
…歴史《れきし》の変換《へんかん》を起こした噂話…
さあ　古《いにしえ》　卑弥呼の時代の直前…
どんな噂話が流れていたのだろう？
ばあばは　こんな噂話の情景を想像した…

～～～～～～～～～～～～～～～～～～～～～

「なぁ　みんな
戦が始まって一体何年になるんだろう？
しかも　これ一回きりじゃぁない…
何度も　何度も　起こっているじゃないか！」

「うん　そうだな
父さんも　祖父《じい》さんも　そのまたじいさんも
戦争に征《い》ってるものなぁ」

「土地を取り合って争い合う…
そりゃぁ　致し方ないかもしれないが
戦ばかりで　疲れ果て
肝心《かんじん》の野良仕事《のらしごと》も出来ない…」

「あぁ　野良仕事をしたって
田んぼも　畑も
何時だって
収穫も見ないで踏み荒らされるじゃないか！」

「あぁ　だから
みんな　飢えて死んでゆく…」

「あぁ　俺んちも
子供が死んださ…」

「あぁ　あぁ　俺んちも
嫁さんが死んだ…」
「こんな生活がいつまで続くんだ！」
「いったい　戦はいつ終わるんだ！」
「なぁ　みんな
他所から来たもんにこんな話を聞いたぞ…
そこは　戦というもんが無いんだそうだぞ‼

鬱蒼《うっそう》とした深い森だって
岩だらけで　草茫茫《くさぼうぼう》の荒れ地だって
みーんなで力を合わせてなぁ
木を切って…
岩をどけて…
切り開いて…
土地を広げているんだそうな

そうしてなぁ
田畑を増やして
コメも野菜も余すほどの収穫だそうだぞ！

死ぬどころか
子供らみーんな　丸々太って
笑って遊んで…
そんな子供ら見て
親らも笑いながら
仕事に精を出してるってよ」

「戦さえなきゃぁ　それは出来る事さ…」

「おぉ…そうだ
戦わなきゃぁ良いんだ！
戦い合っている部族みーんなが
一緒になればいいんだ！」

～～～～～～～～～～～～～～～～～～～～

「良い噂話は
自分たちを　より良い展開へ導く…」
と云うのは　本当なんだよ

噂話というのは
有りうる事…
出来うる事…
成りえる事…を証明しているからだよ

こうして
相談に　相談を　重ね
論議に　論議を　重ね
とうとう女性を　王として
沢山の部族が一つに纏まったんだよ

「エッエッ
どうして女なの？」

ウーン　それは
女は口争いぐらいはしても

決して　戦争はしないからだよ

それは　女は
太古より　ずうっと子供を育ててきて
その性《さが》の中に
命を守るという強い思い…
争いよりも大事なもののある事を
遺伝子に刻み込んでいる…
それを　男たちは
感じ取っていたからだろうねぇ

じゃあ
どうして男たちが戦争するのを止めないの？

ばあばは　思うんだ…
子育てをしなければならない女たちは
狩猟《しゅりょう》に出る事は出来ない
自ずから　あの原始時代より
何百万年も…
そう…四　五百万年もの間

ずうっと　男の人が狩猟で獲た獲物を
食べて生きてきたのだもの
「男の人の意見には逆らわない…」
それが　まるで
遺伝子の中に入り込んでしまったんだろうよ

ばあばは　長い事生きて来たから
そんな女たち特有の
摩訶不思議《まかふしぎ》な事柄をいっぱい見て来たよ
でもね
女の本当の気持ちは…
「何で戦争するのだろう？」って
男の人の気持ちが理解できないでいるの！

でも　この時は
愛する家族を失った仲間の悲しみが
胸に迫って
男の体の奥底にある
遺伝子が目を覚ましたのだろうね

「何の為に戦をしていたのか…」を
はっきりと悟り
人間本来の心…愛と理智《りち》に目覚め
平和に暮らす為の方法をめぐり
論議が繰り返され
一つに纏《まと》まる事を選んだのだろうね

きっとね
その噂話をした時から
自分たちも
「そうする事が出来る筈《はず》だ！」と
大いなる確信を持ったのだろうよ

ばらばらだった部族は
一つの大きな部族として結束した…

やがて　その大きな部族同士が結束し
一つの国というものに纏まろうと
話し合いが行われ…
そうして

紆余曲折《うよきょくせつ》を経《へ》ながらも
日本という一つの国に纏まって行った…
その切っ掛けになった　かの国の「噂話」

噂話は　必ず
実際を知りたがる人々により
裏打ちをされてゆくものなんだよ

時は刻々と過ぎ
成《な》る物は　益々《ますます》成ってゆく…

かの国を作り上げた人が
長い時をかけて成し遂げたものを
目の当たりにし
成し遂げて行った「生き様」に
大きな感慨を持った人は
必ず
その感動を皆に話すものなんだ
……

異国《いこく》の文献に著された
有史《ゆうし》の　日本の姿…

遠い古《いにしえ》
卑弥呼の時代を作り上げた男達がいた
荒ぶる男たちを目覚めさせ
正気で
国作りの第一歩に向かわせたのは何？

胸に起こったこの疑問…
ばあばは
一生　その事を知る事は有り得まい…
と思っていたのだけれど
…でも　今は違う！

たとえ卑弥呼の名は出て来ずとも
それは
必ずこの『記紀』の文中に
存在するはずと

信じ…読んだ…そして読み解いた
ばあばを　ここまで引っ張って来たのは
日本最古の書物『記紀』を
「大切にしたい！」
と思う　強い気持ちが有ったから…

そして　とうとう見つけたのだよ

歴史《れきし》の変遷《へんせん》を辿《たど》り
幾度《いくたび》もの推理《すいり》を繰《く》り返《かえ》し
考えに考えていった通り
それはやっぱり
人間…そう　人が作りあげた事物の
噂話《うわさばなし》から　始まっていたのだ

その噂話の主は…
言い伝えを基にしている『古事記』にも
歴史書『日本書紀』にも

同じ人物の事が
大きく記されていたのだ！
その名は　大国主命《おおくにぬしのみこと》
次の『記紀の事々　第三部』では　君たちに
「大国主命」のお話をしようと思う
…良い噂話は良い事を起こす…
さあ　君たちにも
ばあばにも
「良い事がいっぱい起こりますように…！」

終り

「シリーズ心の糧　七　　記紀の事々　第三部」へ続く

シリーズ　**心の糧　六**

記紀の事々　第二部

＊

令和6年5月5日初版発行

著者・発行者／佐々木敬子

〒430-0906　静岡県浜松市中央区住吉4-7-26

発売元／静岡新聞社

〒422-8033　静岡市駿河区登呂3-1-1

印刷・製本／図書印刷

ISBN978-4-7838-8085-1 C0095